GARY SNYDER
山巅之险

Danger on Peaks

〔美〕加里·斯奈德 　　　　　　　　　　　著

柳向阳 　　　　　　　　　　　　　　　　译

人民文学出版社
PEOPLE'S LITERATURE PUBLISHING HOUSE

著作权合同登记号　图字 01-2023-0451

图书在版编目(CIP)数据

山巅之险／（美）加里·斯奈德著；柳向阳译.
—北京：人民文学出版社，2019(2023.3 重印)
（巴别塔诗典）
ISBN 978-7-02-015028-1

Ⅰ. ①山⋯ Ⅱ. ①加⋯ ②柳⋯ Ⅲ. ①诗集-美国-
现代 Ⅳ. ①I712.25

中国版本图书馆 CIP 数据核字(2019)第 020034 号

责任编辑　卜艳冰　何炜宏　邰莉莉
装帧设计　李苗苗

出版发行　人民文学出版社
社　　址　北京市朝内大街 166 号
邮　　编　100705

印　　刷　凸版艺彩(东莞)印刷有限公司
经　　销　全国新华书店等

字　　数　55 千字
开　　本　889 毫米×1194 毫米　1/32
印　　张　5.25
插　　页　5
版　　次　2019 年 7 月北京第 1 版
印　　次　2023 年 3 月第 2 次印刷

书　　号　978-7-02-015028-1
定　　价　65.00 元

如有印装质量问题,请与本社图书销售中心调换。电话:010-65233595

献给卡萝尔 ①

"……山巅之险。"

---

① 卡萝尔（Carole Lynn Koda，1947—2006），出身日裔美国家庭，1968年毕业于斯坦福大学心理学专业，曾任教师，后成为助理医师。卡萝尔还是一位博物学家和猎鸟专家，又以徒步山地知名。1986年第一次婚姻结束，1991年与斯奈德结婚，积极参与社区及环境事务。卡萝尔1991年底查出罹患一种罕见癌症，2006年过世。本书2004年出版，书名亦出自其中《写给卡萝尔》一诗。——译者注，下同。

目录

一　圣海伦斯峰

二　然而更古老的问题

五　风中尘土

六　巴米扬之后

一

圣海伦斯峰

路维特

来自萨哈普丁语 / 拉维拉伊特拉语 / "冒烟的地方"①

---

① 圣海伦斯峰（Mount St. Helens），位于美国华盛顿州斯卡梅尼亚县的
一处活火山。在美洲萨哈普丁人和拉维拉伊特拉人的语言中称为"路
维特"（Loowit），意为"冒烟的地方"。下文提到的灵湖在火山口北侧
略东。

山　峰

　　从威拉魅特河与哥伦比亚河 ① 冲积扇略高些的平地上，天晴时可以望见三座雪峰——胡德峰、亚当峰、圣海伦斯峰。第四座，雷尼尔峰，更远一些，只有从某些地点才能看到。在西侧山坡这样一片柔和景色中，雪峰极具魅力：朝晖与夕阴，全天的光影，还有常年积雪。哥伦比亚河是一条流量稳定的大河。雪峰和大河，以及众多小河，构成了这片绿树覆盖的西北风景的基本形式。无论郊区，乡村，还是城市，都有河流穿行，都有山峰耸立。

　　圣海伦斯峰，"路维特"（据说是印第安语名字）——一座积雪覆盖的完美火山锥 ②，从大致在海平面上升到 9677 英尺（然后回落）。我一直想到那儿。

---

① 哥伦比亚河（the Columbia），美国西北地区的最大河流，经美国华盛顿州和俄勒冈州注入太平洋。威拉魅特河（the Willamette），干流在俄勒冈州，向北经波特兰汇入哥伦比亚河。

② 火山锥（volcanic cone），火山喷出物在喷出口周围堆积而形成的山丘。

隐藏在北侧高山盆地里的，是一片巨大的深水湖。

灵湖

　　我十三岁时第一次看到灵湖。清澈、平静，光滑如银的水面飘着缕缕薄雾，绕湖四周是长着老杉木的陡峭山丘。铺石路的尽头是出口，就在灵湖小屋右侧。沿着土路往下走，是一小间木瓦盖顶的护林员服务站。更远处是一个营地。

　　望向湖面和对岸，只有长满森林的山丘。冷寂。服务站南面，一条土路缓缓爬上一片色泽较浅的干燥地带。那里离林线三英里。山高湖低，相互映照。也许湖中的山能幸存下来。

　　营地有几处搭帐篷的平台，在大树下，用软杉木板小路构成一张网络。都靠近水。森林地面一片漆黑，所以几乎没有灌木丛，只有几棵瘦小的黑果木。营地有一个用木、石建成的坚固的大厨房，和一个半敞开的简易餐厅。还有一栋两层小屋，是大萧条期间 ① 风行一时的那种石头和圆木的乡村建筑（为熟练

---

① 指 1929 年开始，延至 1930 年代的经济大萧条。

木匠提供了工作）。

　　我们从湖边营地出发，开展了几天的徒步行走。背上"捕手尼尔森"背包[①]，把木棉睡袋扎紧，再把杂货包与熏得发黑的带钢丝防滑柄的十号罐形煮锅分开。小径把我们带到湖边，带上山脊："冷水山瞭望台"，再到玛格丽特山，更远，进入一片湖泊众多的盆地，下方是一巢巢的雪原。从山脊处，我们可以回望灵湖，雪原，大山及其投影。我们走过高山花卉，深一脚浅一脚横穿雪原，滑雪下来，停在到处是石头的湖边，返回喧闹的营地，吃了全由小伙子们做的烟熏火燎的罐头饭菜。

[①]　"捕手尼尔森"背包（Trapper Nelson packboard），1920 年代开始流行的一种野外背包。捕手尼尔森（1909—1968）是一位捕猎者，又以在佛罗里达州洛克瑟哈奇河畔建立野生动物园而知名。

攀 登

徒步于附近山脊，歇脚于冷水山峭壁，我记熟了上面的火山。大大小小的"蜥蜴"（熔岩山脊及其向上昂起的脑袋），"狗头"（棕色岩石和白雪堆组成的一片宽大凸起，看起来略像圣伯纳犬）。更高的冰原，以及冰斗和宽裂缝，林线以上的斜坡。谁不想抓机会爬上雪峰，放眼远眺？

两年后，机会来了。我们的向导是一位老资格的马札马①，来自俄勒冈州泰格德市。他的登山生涯始于第一次世界大战。后来经营一个大果园。他戴一顶黑色狩猎高毡帽，穿高筒樵夫靴，高脚牛仔裤，手持旧式登山杖。我们把白色氧化锌软膏涂在鼻子和额头上，每个人都有自己的登山杖，戴上金属边的深色护

---

① 是说这位向导攀登俄勒冈州马札马火山的资格老，经验多。下文提到的氧化锌软膏用于保护皮肤。

目镜，像三十年代的夏尔巴人 ① 一样。黎明前开始攀登较低的浮石 ② 斜坡。

一步一步走，一口一口呼吸——不匆忙，不难受。攀到福塞斯冰川的雪上面，在"狗头"岩石上，听了如何用登山杖防滑落的经验，以及安全和耐心的谈话。然后进入下一阶段：冰。绕过裂缝处，慢慢攀登，我们一路向顶峰进发，就像小林一茶所说的——

> 小蜗牛
>
> 一寸一寸
>
> 爬上富士山

西海岸的雪峰太多了！它们远远高出周围的土地。中间有个断裂。它们在一个别样的世界里。如果你想看到你所住世界的景色，那就爬上一座石头小山，有一个整齐的小山顶那种即可。但那些巨大的雪峰刺穿云和鹤的国度（这个国度栖于五色旗帜和群

---

① 夏尔巴人（Sherpas），生活在喜马拉雅山南麓，以登山技巧而出名的一个部族。
② 浮石（pumice），一种火山岩石，岩体多泡多孔，质量很轻。

龙飞腾的地带，隐于参差薄雾① 和晶莹冰霜的面纱之后），进入纯粹透明的蓝色。

圣海伦斯峰顶部平坦宽敞，可以打盹、安坐和写作，可以注目天空更高处，甚至跳个舞。不管数字如何说，雪峰总是远高于飞得最高的飞机达到的高度。我向峻拔的大山恳求："请帮助这个生命。"当我试着仰望，又俯视下方的世界——那儿空空如也。

然后我们分组下山。下午的雪极适合滑降。倾身在登山杖上滑行，跳过裂缝又落入软雪，躲开板状熔岩，进入开阔的雪地斜坡，几乎飞到松软的浮石山脊下。下山太快了！但还没到地面，我们走了三英里土路回到湖边。

---

① 山间云雾与平地颇不相同，此处"参差"一词可说讲究。

看到原子弹爆炸照片的那个早晨

我第一次攀登圣海伦斯峰，是一九四五年八月十三日。

灵湖远离谷地的各个城市，消息来得慢。虽然第一颗原子弹是八月六日落在广岛，第二颗八月九日落在长崎，但直到八月十二日，《波特兰俄勒冈人报》才开始刊登照片。这些报纸必定是在十三日被人带到了灵湖。十四日一大早，我走出小屋去看公告板，上面钉着整页的报纸：从空中俯视被炸城市的照片，估计仅广岛一地即有十五万人死亡，引用美国科学家的话说："七十年内那里将寸草不生。"我肩上早晨的阳光，冷杉林的气味和大树的阴影；在薄鹿皮鞋里感觉着地面的双脚，与背后的雪峰仍为一体的我的心。恐惧地，一边谴责科学家、政界人士和各国政府，我一边对自己发誓，大致是，"凭着纯美而永恒的圣海伦斯峰，我发誓尽我一生，都将反对这种残酷的破坏力量和那些试图使用这种力量的人。"

某种命运

攀登"路维特"——萨哈普丁语名字——还有三次。

一九四六年七月与西娅姊姊

（一九四八年夏天去了委内瑞拉和卡塔赫纳^①当水手）

一九四九年六月和亲爱的朋友、在雪地上跳舞的光彩夺目的罗宾，那个夏天又跟她一起攀登一次

这广阔的太平洋陆地	蓝色薄雾边缘
雾霭和遥远的闪烁	宽阔的哥伦比亚河
东太平洋的西部某地	
我们在一个安静处	在白日的车轮里

---

① 卡塔赫纳（Cartagena），哥伦比亚西北部港口。斯奈德诗集《砌石与寒山诗》收录《卡塔赫纳》一诗，诗末注明"哥伦比亚，1948 年"。

正好在家里，在　　通往虚无的门
只能继续下去。

坐在一块岩石上凝望虚空
在峰顶之书上留下名字，
准备下山

抵达世间的某种命运

一九八〇年：喷发

世纪、年岁和月份——

喷出一些水汽
升起烟雾，嘶嘶响
咆哮　　跺脚舞
颤抖　　高涨，发光
强光　　凸起

密集的地震，颤动，隆隆声

她上场
　　　上午八点三十二分　五月十八日，
　　　一九八〇年

极热的蒸汽和气体
白热的碎卵石飞速移动，

一条燃烧的天空之河在流动，

灼热熔岩像冰雹一般，

风暴中的巨大冰山，喷发的岩浆

平直射出，呼啸着滚滚而来

云朵般的岩石碎片，

水晶，浮石，玻璃碴

爆炸着直直向前——

高大树木的天堂之家平平落下

闪电的舞蹈划过巨大的烟雾

一个平静的声音在双向无线电中

退休海军技师、志愿者

正描述这个情景——然后

说，热烫的黑云正在

向他滚来——没有办法

只能等着他的命运

一个摄影师烧焦的相机

装满了半熔化的胶片，

三个伐木工和他们的卡车

车后的电锯，翻滚的灰色，还有，

被卷走的两匹马正在热泥泞中挣扎

一个静止的孩子在一辆蒙了灰的陷落的
皮卡里 ①

翻滚的"地球心脏的垃圾"火山灰的云朵有十二
英里高
灰烬像雪一样落在东边的麦田和果园里
五百枚广岛炸弹

在亚基马 ②，正午成了暗夜

_____

① 1980年5月18日发生的圣海伦斯火山喷发，直接造成57人死亡，是
美国历史上最大的火山灾难。
② 亚基马（Yakima），指华盛顿州亚基马县，在圣海伦斯峰以东140公里。

火山喷发区

二○○○年八月下旬。

一趟从里诺①到波特兰的早班飞机，在行李认领处遇见了弗雷德·斯万逊。出波特兰机场，进入这些新街道，新高速公路，有一座高速路桥，205号，正横跨哥伦比亚河，码头触到河中岛屿，但没有上岛的路。这是瘦小的白杨岛，迪克·梅格斯和我曾划船过去，在沙洲上露营。发射塔四围长满黑莓。

一转眼我们到了华盛顿州，向北转，进入5号主路②。战场的标识，美洲狮。过哥伦比亚河的支流刘易斯河③向左，卡拉玛河，老特洛伊核工厂塔，然后到城堡岩石。又是高速路，没有城镇的标识——它们

---

① 里诺（Reno）位于内华达州，波特兰（Portland）位于俄勒冈州。
② 即下文所说州际5号路（I-5），是美国西海岸的南北干道。
③ 圣海伦斯火山上的溪流分别汇入三条河：北方和西北方的图尔特河（Toutle River），向西注入哥伦比亚河的支流考利茨河；西边的卡拉玛河（Kalama River），和东南方向的刘易斯河（Lewis River），均向西流入哥伦比亚河。

都在西边——我们在一条宽阔的新路上转入图特尔河谷。旧路，旧桥，一概不见了。

（想起两车道的99号高速路，以及我们如何在城堡岩石停下来找杂货店，一间猎人与伐木人的酒吧，墙壁被鹿角架盖得严严实实。往东去灵湖的路，从镇上爬出来后变陡，然后沿河渐渐升高。这里是林地和牧场，小房子和谷仓，自给的农场，伐木的农民。）空气凉爽，晴天，树木亮绿。

新建的银湖圣海伦斯山访客中心离高速公路很近，旅客可以沿州际5号路转到这里，看一眼，再上路。这里开阔，后面有一个小电影院，中间有一个很大的火山模型，可以从模型里面往下走，在中心处向下看到一柱巧妙虚拟的岩浆从地心冲上来。

访客中心挤满了讲各种语言的人。环顾四周的照片和地图，我开始明白已经造成了什么改变。图特尔河的火山泥流一路奔向哥伦比亚河，约六十英里，主航道沉积了足以阻塞航运的火山灰和泥浆，直到几周后被疏浚。

我们又上了高速公路。斯万逊解释了所有机构如何希望获准使用当地筹集到的恢复资金（最后由国会筹集）。他们各提出建议：土壤保护部门想整个撒下价值一千六百五十万美元的草籽和肥料，森林部门想打捞原木，补种树木，而陆军工程兵团想建造淤地坝。（他们开始做了一些。）森林生态思想占了上风（体现于许多当地人、关心环境的公众，和一些活跃的科学家），在已宣布的区域，零恢复成为规则。让自然演替继续工作，给它时间。弗雷德·斯万逊作为地质学家接受了培训，然后由土壤研究进入俄勒冈安德鲁森林局，进行森林和溪流生态学研究。他从一开始就在研究圣海伦斯山。

陆军工程兵团用数以百计的巨型卡车和推土机在图特尔河畔工作。斯万逊掉个头离开主干道，向前仅仅几英里，就看到一座土石坝，是为了控制新河道中的泥石流而建的。瞭望台停车场从前更像一个旅游目的地，现在部分封闭了，长满了桤木。自从垃圾场的卡车停运，就没有那么多人过来瞭望了。但它还在那里，有很多泥土阻碍着更多泥浆和碎石下来——暂时。

大坝、河岸、道路的颜色，都是"火山灰的灰色"。新桥梁，新道路，这些都已重建。斯万逊说，火山喷发后的几年里，一直无法进入灵湖西侧。为了接近湖和山，人们在北边和附近开了一连串的小路。你可以从东边开车到多风岭。然后，新修了一条州高速路从5号路通向湖西侧的山脊。你还是无法开到湖边上——到处是浮石，火山灰，破碎的岩石。

这条新路是一项昂贵的成就。它沿山坡架了花哨的桥梁，跨过图特尔旧河床，然后进入冷水溪下游（从前这里是原生林，我曾在这里徒步，小径是唯一的进入通道）；绕山谷头部划一个大曲线，再进行一长段之字形爬坡。在冷水溪的上游溪谷中，有大量褐色旧木头扔在地上。在原木之间和周围的山丘上，是火地杂草和珠光香青，没有花。银色的小冷杉三到十英尺高，塞在原木后面，和高高的花朵混杂在一起。

终于上了高处的山脊——如今以那位死于此处的年轻地质学家命名为"约翰斯顿岭"——走向山脊边缘。路到尽头。突然间，看到整个路维特和一部分湖盆！呈现出新的形状，和稀稀拉拉冒着烟的火山口一起，在这紫灰色光线里。

白色圆形的峰顶被摧落，

北侧敞开的火山口，缕缕气雾

所有倒下的，呈现为长长的灰色扇形

与周围构成了清晰的角度

黑暗的原生林不见了　没有树荫

湖里漂着冲来的白骨般的原木

边缘四周被冲刷的山脊，露出地表的岩石

斜视着，在明亮的

挤满了游客困惑目光的山顶广场

再没有"洁白女神"

但，在派拉和不动明王 ①

火热的标识下——火之王

端坐于炽热熔岩之上，他的绞索

从地狱中捕捉违逆其意志的

核心类型，

路维特，拉维拉伊特拉语——冒烟的

是她的名字

———————

① 派拉（Pele），夏威夷神话中的女神，掌管火、闪电、风和火山以及夏
威夷岛屿的创造。不动明王（Fudo），佛教护法，又称不动尊菩萨，不
动使者。

去鬼湖

从西面的观景山脊走下来，驱车回城堡岩石和5号路。开始一段绕山的车程，往北，然后沿考利茨山谷向东。考利茨河①从雷尼尔峰南侧的冰川和亚当山西北侧获得部分水源。晚餐在"卡特客栈"——老地方，缓慢而时髦的服务，一家酒吧，有小本的当地历史书在卖。然后在一条林路上向南摆，到锡斯帕斯河上的铁溪露营地，在黑暗中铺下露营的防潮布。

第二天早晨，在小河锡斯帕斯河布满砾石的浅滩上散步，在原生雪松低垂的苔藓下吃鸭肉，在冷杉针上饮热茶。驶向边界小路，沿山脊车道蜿蜒向上，在拐角处猛地停下，就是这座山——突然间我们就置身于火山喷发区了。

---

① 考利茨河（the Cowlitz River）位于华盛顿州，是哥伦比亚河的支流。下面提到的锡斯帕斯河（the Cispus River）注入考利茨河。

在巨大的环湖地带，与山成直线的一切都是平躺的：历历可见的白色原木，没留下任何直立的东西。下一个树木遭难的区域，是枯死但仍直立的树桩。然后是遭受火山灰肆虐，被称为"树木成灰"的区域，但仍有些许生机。最后，万幸地，与火山喷发不在一条线上的区域，绿色森林成片屹立。一个关于距离、方向和坡度的函数。最后，退得足够远，健康的原生林一望无际。

新的模式从边缘挺进，而在区域内，是偶然没被毁灭的存活植被构成的小岛。某些情形下，一个地方仍然覆盖着雪，星星点点。从多风岭开始，湖面上地毯一般漂浮着原木，大多在北端。

沿着山脊走出数英里，走到火山的斜坡上。如今到处是灰烬和岩石，没有重生的树木，阳光像在亚利桑那一样炎热干燥。

再回到车上，驶到挪威关岔道（从山路上看见一个箭头，射在一棵枯树上，在树上高处，并且是从下坡这一侧射的。为什么？怎么回事？）向北，俯瞰一

眼格林河谷，再远处是羊山①高高的山脊。再向北，
太远了，没有受到影响。在格林河谷，人们可以看到
清晰的边界：一边是未被管理的火山后的"生态区
域"，是自然主导的演替，一边是毗邻的国家森林的
土地，很快就被砍伐和栽种了。栽种得不错。在自然
演替的区域，针叶树在长高——还不够高，不能遮蔽
下面的原木和花朵，但显然长势旺盛。但在那边"栽
种"地带，令人惊讶地看到植物长得那么高那么密。
好吧，不要奇怪。野生的自然过程需要时间，并允许
偶然和意外。我们对此仍然知之甚少。这种自然再生
项目有自身独特的价值，美学的，精神的，科学的。
无论是野生的还是被管理的，都将在几百年后给人以
启示。

幼小的植物生命，长着尖刺，坚定而温柔，
局促地抖动在同样古老的微风里。

我们在山顶上扎营过夜，两个方向都视野开阔。
极小的火，和煦的风，天空繁星无云。火山喷发口传
来微弱的硫黄味。清晨，云雾升起，遮挡了太阳。雾

---

① 羊山（Goat Mountain），位于美国华盛顿州，紧邻加拿大。

从哥伦比亚山谷升起，弥漫了深深下切的窄谷——清晰地回到这里，经过我们近旁的卡车。

在灰色的浮石硬结地上铺了地垫，坐在上面，又捡起我们的谈话。弗雷德澄清了"初始的"和"恢复的"之间的区别。何为旧？何为新？何为"更新"？后来我就韩语书写系统相比于其他字母文字的优越性侃侃而谈，但我怎么谈到了这个话题？我们的咕咕响的汽化煤油炉具。我谈到了在日本生活的十年，"沿着铁路两百英里的工业城市带，一眼望去第十代森林的山脉。两次经过广岛，粗面条，到处是活跃分子，绿色和树叶——搞得很棒。"

弗雷德心智敞开，像内华达山中的夏日清晨。我们聊了很多。但当我们再聊到森林，火山喷发，以及经济和生态的平衡，我闭嘴倾听。

绿茶热汤
雾中的太阳球
路维特在白色中变冷
新火山口顶部覆盖了薄薄灰尘
清晨，喷气孔最高处有薄雾和精灵——"哈"……"哈"

临走前最后一段行程：去鬼湖散步，珠光香青，黑莓和火山杂草，一路都是。

穿过白色树桩去鬼湖，

蜿蜒而下，经过枯树的落物，最近那儿没有能走的小路，

轻快的热带凉鞋跳跃，啃啮黑莓，沿着原木走

脚趾裸露，两脚蒙了尘土

一九四九年我在这湖边工作

彼时湖青人亦青

珠光香青

沿一条小路去湖边

花楸树和接骨木艳红

原生林的树干被吹斜，

击倒，跌落在新的火山灰里。

树根歪斜，遮蔽在又高又直的火山杂草里，

因火山喷发而成片倾倒的原木

从南到北一条线倒下，银亮的

没有枝丫和树皮的树干——

目之所及，山脊顶上清晰的

是牙签一样的枯树

千百个夏天

在残骸循环的间歇

——在太阳下又干又硬——矮树还要继续漫长的寿命

埋在低处的珠光香青丛中

浓密的白花

繁茂的银杉树苗

这里的小溪曾是"和谐瀑布"

原始的大山

如今只是略受打击

光滑的圆顶消失了

冠冕褴褛

湖泊曾是可疑的"阴"①——

如今炫目的水映着天空

回忆着冷杉和铁杉的日子——

不责怪岩浆或大山

坐在湖边一片干净的原木上，

水暗如茶。

我爬上去的那天，曾向圣海伦斯山

求助，　她似乎答应了

树都平躺着，像　　悉达多离家

一去不回的那个晚上，参加的那场大聚会，

一群年轻的朋友在性舞中被鞭打

几十个从地板上逃出去

———————

① "阴"（yin），指阴阳之阴。

天使般的男孩和女孩，正用睡眠消除这些。
一座众神狂欢的宫殿，除了"我们"看到的
那些点缀着一簇簇白色花朵的
"火山喷发区"

"不要被人类中心论欺骗"，道根说，
而悉达多看它一眼，悄然离开——去另一个森林——
真正去进入生与死。

如果你请求帮助，它就会来。
但不会是用你所知道的任何方式
——谢谢你路维特，拉维拉伊特拉，冒烟吗
    　　谢谢　　　谢谢　　　谢谢 ①

———————

① 此处分别是西班牙语（gracias）、汉语拼音（xiexie）、英语（grace）。

享受这一天

有一天早晨在路维特东边一处山顶
喝过便携炉煮的咖啡

望着正呼吸着蒸汽和硫黄的
年轻的老火山

日出熔岩
碗状的积雪

爬到一棵高山铁杉树后面，问
正躺在那儿的我的老顾问：

在做什么？

他们说

"新朋友和可爱的老树鬼

　　我们又来了。享受这一天。"

二

然而更古老的问题

短暂年月

与年轻诗人们
在派尤特溪休闲

坐在满是尘土
枯叶噼啪响的地上，
高速公路轰隆隆向南
黑胡桃树荫，
盘腿坐，热，
　　　　交换着小诗。

然而更古老的问题

一阵黑岩石的雨　来自太空
落在深蓝色冰上　在南极
九千英尺高　散布数英里。

内部嘎吱作响　然而更古老的问题
来自我们这个太阳之前的时代

（来自与艾尔瑞奇·摩尔
和金·斯坦利·罗宾逊的谈话）

夜空中的花朵

我以为，森林大火在向北燃烧！
黄色绝缘夹克扔在驾驶室，硬帽，靴子，
我开卡车顺着土路乱撞，
来到一个能看清楚的平坦处：
闪光的蓝绿色彩带和红色光芒从天空落下——
停止。太阳上的风暴。太阳风正经过

（红色北极光之夜：最南可见点在北加利福尼亚，
2001 年 4 月）

水桶里的凹痕

正在一只桶上锤击一个凹痕
　　一只啄木鸟
　　　　在森林里应和

野兔幼崽

长耳大野兔的幼崽在地上
带斑纹的厚毛大衣
小小的黑色尖尾巴
脖子背面都被吃光了，
命给了一只猫头鹰。

工作日

他们想要——
1 号单上小号 40 聚氯乙烯
一只 10 号扫烟囱刷

有人想用来磨割草机刀片

一条捆木头的铁链，

我邻居的春季工作。

带锯末

土块粘住铁锹

苹果花和蜜蜂

亚洲梨

那棵纤细柔弱的亚洲梨树

未修剪，瘦骨嶙峋，靠着禅室

从未浇水，蓬乱，

仍然结了果

篱笆断了，

树干刮伤，树皮咧了嘴，

树枝被压弯，高处有划痕——

梨子给了一只熊

凉爽的泥土

在一群黄蜂中
一只松鼠饮水
脚在凉爽的泥土里，头极低

放弃

从佛法开示走回
夏天干枯的浆果鹃木 ①
树叶沙沙响

"放弃！放弃！
哦当然！"他们说

---

① 浆果鹃木（madrone），又译"玛都那木"，北美地区一种常青树，开白
花，结红色浆果。

怎么回事

小鸟　轻飞
从树枝
到树枝到树枝

到树枝到树枝到树枝

打

绿色松果的薄片
被拖动，四周啃干净，
摇摆，缓缓落下
撒在地上，
　　　打在屋顶。
树梢，松鼠的盛宴
——焦躁不宁的松枝。

吼叫

钻出灌木丛
一只山猫追一只家猫。
猛撞—哀叫—寂静。
松树又落下花粉。

四月的呼叫和色彩

绿色钢制垃圾箱
轻拍着黑色塑料盖
吞噬着扁平的纸板，
远处，一只备用传呼机

站立的漫画

一个不收硬币的停车计时表
一个被铁链锁住的巨大的洒水器阀门

一只红白色的消防栓
一丛小蒲公英在人行道的边缘

天空，沙子

三叶杨溪岸
　　　　　水流沿河床飞溅
黑色霸鹟叫着叽——叽——叽，附近——
墨西哥黑鹰盘旋——在空中眯着眼，
鞋里满是沙子

　　　　　　　　　　（亚利桑那州阿拉瓦帕峡谷）

进城路上的沟酸浆

从路堑石壁的几处裂缝里，
一丛丛桃色的沟酸浆
铺展，开花，
　　　　　在炎热中僵硬地颤抖
运木卡车驶过时的微风和强风

一直吹动——
它们从不会死掉。

一只雄性幼鹰

从前，放鹰人相信，在一窝蛋里第三个是雄性，
所以他们把雄性幼鹰叫作"特赛尔"，意思是"第
三"。可谁知道，为什么汽车制造商用放鹰人的方式
来命名汽车？

把煤气盖卸下来
　　把它插在我的工作背心口袋里
我看见停了一辆银色"特赛尔"①
靠着一片树篱，一只装满了瓶子的杂物桶

——正填满我的丰田旧皮卡。

———————

① 特赛尔（tercel），此处指日本丰田的一款车，国内通译丰田雄鹰。

亮黄

一辆"欧扎克货运"的大卡车 ①
从我旁边经过，那般生动的黄！
比推土机更亮的黄。
今天早上杰姆斯·李·乔布在谈论
　　　得克萨斯那边狂野的蓝色贝雷帽
和暗红色的印第安画笔。
说，"从远处——它们一起形成、
　　　创造了一个坚实的紫色领域。"
嘿——待在那条黄线的
右侧

喜欢鲑鱼

产卵的鲑鱼又黑又笨
刚好在水面之下

_____

① 欧扎克货运（Ozark Trucking），美国一家货运公司，车体黄色。

在浅浅的桉树河下游 ①

河床——旧矿的沙石
模拟了冰川流出的地形
对于停车场酒吧下的产孵区是完美的。

（水力开矿怎样使桉树金矿像阿拉斯加的冰川河一样）

———————

① 桉树河（Yuba River），位于美国加州桉树县，两岸以奇异地貌出名，曾
是金矿区。桉树河三条支流汇合后称桉树河下游（又称下桉树河），前
行 64 公里抵桉树城，汇入羽毛河（Feather River），后者注入萨克拉门
托河。

_44

冰川幽灵

七月下旬：五湖盆地[①]和沙脊，北山脊

在沙脊东尽头的东边有一个湖，一片沉睡之地，披入倾斜的冰川期巨石下，后者耸立于基岩、木屑、树皮和球果之上。

倾斜巨石下沙砾构成的床，

寒冷不安的夜，

——蚂蚁在我头发上

·

---

① 五湖盆地（Five Lakes Basin），位于加利福尼亚州内华达县（美国有多地叫内华达）。

在花岗岩板上午睡

半在阴凉处，你永远听不够

松林里的　　风声

．

皮克恐高

爬陡峭的山脊时手脚并用。

但她上去了

．

捉蚱蜢当诱饵

把它们活活穿到钩上

——我见惯不怪

．

某个诗人，刺激

篝火旁的艾伦·金斯堡

"为什么他们都爱你？"

_46

·

一开始笨拙

我的手脚和眼睛　再次学会跳跃，

跳过杂乱的石头

·

沿一段陡峭的雪地

开始一次滑降

他们说，"加里，不要！"

但我了解我的破冰斧

·

在高山湖泊里潜水，浮起

能看到正好在湖口瀑布的上方

远处群峰　　布茨山脉 ①

·

———————

① 布茨山脉（Sierra Buttes），五湖盆地的最高山峰。

累了，在一个小水洼边停止攀登

扎营，睡在一块石板上

直到月亮升起

．

巨冰刮出的水池，蓬乱的松树

远景，花泥沼泽

这么多地方

为了让一块流浪的巨石安定下来，

永远。

．

一件礼物，响尾蛇

肉———包好的——

在烟煤上烹熟

味道如何？

．

温暖的夜，

弯曲松树的背风处——
喷气式飞机在高处穿过繁星

·

物品摊开
卷起又铺开，捆起又解开
——这令人痛苦的短暂世界。

·

探索松鸡岭——穿过
石兰科常绿灌木，从
山峰到山峰——惊起了松鸡

·

溪水从福切利湖流出
老白狗
陷入急流
——壮小伙们救了他

■

从冰川湖

沿小径回来

她提起 T 恤衫

"看，我有了乳房"

两个小圆点，九岁。

■

下到沙脊

西尽头的草地

蚊子叮了每个人

除了榊七夫 ① 和我——为什么？

■

沙脊

你如何幸存下来的——

_____

① 榊七夫（Nanao Sakaki，1923—2008），日本诗人，斯奈德诗集《龟岛》
的日语译者。

满是砾石的二英里侧向冰碛

沙子和夏季的雪和耐寒的花

一直在细查着

翻山越海而来的风。

走那条主道

更新世 ① 冰原上的幽灵们

两侧绷直　　向下

远去

---

① 更新世，又称冰川世，是地质时代第四纪的早期，约在 250 万年前到 1
万年前。

三

日常生活

还有什么要讲

读劳弗林《诗全集》的校样 ①

想着写一篇评论。

当他说到庞德，多么温情，

    我回想起

二十三岁，我坐在瞭望哨里，在黑风呼啸中

在北瀑布的北端，

岩石和冰的上方，疑惑不定

    我该去圣伊丽莎白医院看望庞德吗？②

结果去了伯克利学汉语，最终去了日本。

———————

① 杰姆斯·劳弗林（James Laughlin, 1914–1997），美国诗人，新方向出版社的创办人。即下文中的"杰"。

② 诗人庞德因"二战"期间在意大利依附法西斯，1945年被美军以叛国罪逮捕。1946年以精神病为由转入华盛顿特区圣伊丽莎白医院，至1958年获释返意大利。拘禁期间，得到许多诗人、作家的探望和帮助，并于1948年出版《比萨诗章》，转年获美国国会图书馆所设波林根诗歌奖，引起极大争议，致此奖转由耶鲁大学举办。

杰把他对女人的爱
他对情人的爱，他的热情，他的痛苦，他痛苦的
　原因
　　都摆在那里。

我现在六十三岁，正开车去接我的十岁的继女，
　　几家拼车。
刚写完一封五页的信，给县务委员
关于一位前任委员，
　　现在是个有偿说客，
他歪曲事实并因撒谎而获得报酬。我是否
必须对付这个混蛋？是的。

杰姆斯·劳弗林的稿子在我书桌上。
昨天深夜读着他清晰的诗行——
和伯特·沃森译的一卷苏轼，①
　　接下来可能写一篇评论。

九月炎热。
分水岭研究所开会，

---

① 伯特·沃森（Burt Watson, 1925–2017），美国学者，以翻译中国文学和
日本文学知名。

计划与土地管理局 ① 更多合作。
我们这里来了参观者，来自中国林业部门，
　　　他们想看看我们的当地人怎么应对我们的
　　　　计划。
报纸社论反对我们，
　　　一位植物学家正在沼泽中寻找稀有植物。

我想起杰如何在诗中写他情人的故事——
　　　写了很多，
　　　触动了我，

如此大胆——愚蠢? ——
写这么多关于你情人的事
而你是个结婚已久的男人。然后我想，
我知道什么?
　　　关于该说什么
　　　或不说什么，什么该讲不该讲，跟谁讲，
　　　什么时间，
　　　等等。

（1993 年）

_____

① 原文 B. L. M，此处应指美国内政部土地管理局（Bureau of Land Management）。

烈　酒

正为接待韩国大诗人高银忙碌。

今天早晨，黑暗中我坐在地板上

在埃科汽车旅馆，伴着满满一钢杯来自罗马的拿
　　铁咖啡，

用铅笔勾勒出的日历模板：

学生午餐，在中央谷地的野外旅行

水禽协会? 冷峡谷? 与凯文·斯塔尔在州图书馆?

查理想给演讲者提供资金，所以他给了我们

一个文化访问者名额，在戴维斯一周，

正邻近普塔溪 ① 的山谷平地，

那条溪一百年前被工程师们改道过。

我在电话和电邮中把这些都安排好，

学生和诗人们要聚在加州咖啡 ②，

---

① 普塔溪（Putah Creek），加州北部河流，经戴维斯向东入优洛分流渠，
最终注入萨克拉门托河。
② 位于加州胡桃溪普林格大道上的一家咖啡馆。

还有那位韩国研究生，

他的领域是十九世纪文学，他可能是基督徒，

只是说他会这么做。帕克的妻子黛尔菲娜，韩国
　天主教徒，

厌恶地看着册子，说

高银是个佛教徒！——我想她不会来参加读诗
　会了。

开车穿过自动洗车场——洗掉山间的泥土

准备去机场接他，他的强妻李尚吴

和他一起从首尔飞来。

先开车到奥尔巴尼，带上克莱尔·尹，

他在伯克利做韩国研究，住处邻近一片

老风格的桉树林——我小时候来加州

那种气味就让我吃惊——如今我仍然喜欢。

到机场，在海关见面，

这会儿去祭奠我们的朋友

一位诗人、译者，姜玉求，她去年秋天过世，[①]

坟墓在靠海边的山脊上。

---

① 姜玉求（Ok-Koo Kang Grosjean），美国诗人，译者，2000 年过世，著
　有诗集《蜂鸟之舞》。

径直上山，正对着西边

风中走过一片青草坡

高银在她的土堆上洒下烧酒，一串细流，

我们深鞠躬

——烧酒献给灵魂，已离世的明媚诗人

然后酒杯在生者中传递——

烈。

（2001 年）

和船长分享一只牡蛎

一五七九年六月十七日，弗朗西斯·德雷克船长 ① 驾驶"金黄欣德号"，驶入如今用他的名字命名的海湾"德雷克湾"的法罗伦峡 ②。他看到这些白色的悬崖，并给这片土地起名"新阿尔比恩"。在加利福尼亚扎营三十六天，修复船只，与当地印第安人建立联系，探索内陆，解决补给和水，并宣称该地区属于伊丽莎白女王。

沿着路边的蓍草，苏格兰扫帚树，青草，
山上层层倾斜的树枝，像一幅江户时代的木刻，
罕见的树——主教松——适应了风暴，
沥青路基在当地米沃克 ③ 小路上方，
在早期牧场"M"和"皮尔斯"上方

---

① 德雷克船长（Sir Francis Drake，1540–1596），英国船长，探险家。
② 在旧金山金门外近50公里处有多处海岛和礁石，名法罗伦群岛，岛与大陆之间的海域即法罗伦峡。
③ 米沃克（Miwok），加利福尼亚北部的印第安原住民。

　　——一只狐狸潜入灌木丛，
风修剪过的荆棘丛，和
河口盐沼，倾斜的山丘，
准确说，与大陆相隔，
在离岸的海洋板块上，"漂浮的岛"。

——走下来，从内陆花岗岩
和含金的丘陵　　浆果鹃木和雪松；
从农田的激光轧平机，
巨型挖掘机——区域规划工程师
"加利福尼亚"藏在海岸的雾墙后面

德雷克看到一片枯草和灰绿的松树，
进入海滩的曲线。划船上岸，
沿着潮线，在一棵橡树上刻几个字母。

"G"牧场经营赫里福德牛，
查理·约翰逊农场养殖牡蛎，
使用来自日本的一种巧妙方法，
在雾墙后面
阳光下长着草的丘陵和洼地里
到处是鸭子和芦苇。

沿狭窄的路脊巡行而下

我们仍有一物：

这"英格利斯"口音——这"美利坚诺"口音。①

——德雷克湾的悬崖像苏塞克斯②——

灰色和黄色的粉砂岩，泥沙岩，粗砂岩，

起伏的悬崖和山谷——整天是数英里的薄雾。

灰色斑驳的长凳上长着地衣。

海鸥平栖在阳光照暖的

停车场上的汽车边。

我们向土地和海洋敬上

一塞拉杯③法国雪利酒，

从罐子里吃一只约翰逊农场的牡蛎，

向船长敬一小口萨克葡萄酒

和一只生蚝：

在他从未见过的这片土地上

向德雷克爵士致敬，干杯。

———————

① 这里指英格兰和美利坚两种口音；但此处意义不清晰。

② 苏塞克斯郡（Sussex），原英格兰南部郡名。

③ 塞拉杯（sierra cup），意译"山地杯"，一种平底轻便多用铁杯，适合野外使用。

一九九七年夏天

方形旧屋的西边，挖池塘时垫高的地方，

我们曾在那里露天睡觉；

还放了蹦床

世间的精灵，请别介意
如果水泥卡车洒落
植物的精灵要等片刻
请回来，笑嘻嘻

壕沟，小路和排水
形式，涌流和暗门
房屋开始：

太阳来发电
雪松当壁板

新剥皮的木杆当框架

碎石嘎吱嘎吱响

波林根献雄鹿①——

丹尼尔削皮

飞蛾来唱起

马特来捶击②

布鲁斯来沉思

恰克当管子工

大卫烘墙壁

　　爬高爬低；

斯图排干石头里的水

库尔特烤电线

加里买冰啤

卡萝尔只管开怀大笑

　　直到她离去

　　船员悲伤

---

①　波林根（Bollingen），瑞士的一个村庄，心理学家荣格的隐居地。美国
　　波林根诗歌奖的名字亦由此而来。
②　原文中从"削皮"（peeling）一直到"爬高爬低"（crawling），押同一韵
　　脚。此诗类文字游戏，不足细究。

玄来描画 ①

　　每个窗子框

　　变成金红

园里黄瓜做午餐

新鲜西红柿嘎吱吱

图尔在室内上漆，咧嘴

泰德收拾房瓦

沥青纸正卷起

木屑打旋涡

卡车来搬运

木桶且烧掉

旧卧室不见了

野火鸡眯起眼

鹿一脸蔑视

牛蛙叫声一片

大卫·帕门去取

　　晚上用的橡木板

---

① "玄"（Gen）是人名，亦是斯奈德儿子的名字。

虽然他的磨坊被烧毁

他还是会回来

辛德拉追逐石兰

在瓷砖墙上淋浴

滑动门

磨亮新地板

老屋如今是大厅

大得像赛马场

在桌上碰大酒杯

罗宾找房间写诗

外面不是夜晚，只好去卫生间。

卡萝尔终于回来

瞅瞅她的许多房间。

橡树和松树袖手旁观

奇奇蒂斯 ① 的旧屋

如今有了另一翼——

---

① 奇奇蒂斯（Kitkitdizze），斯奈德在北加州山中所建社区。

所以我们倾一杯，歌唱

这里快乐像天堂

一九九七年的夏天。

确实是真的

献给高银和李尚吴

沿高速公路向南，转弯

从 80 号商业路由东向南转入州际 5 号路 [①]

观察那些标识和和小路，它们分开

卡车后面的帆布。上午 10 点一路 75 码

我告诉高银，这是从墨西哥到加拿大的路，

一路经过圣迭戈—洛杉矶—萨克拉门托—美德福

　德—波特兰—森特罗利亚—

西雅图—贝灵汉，不列颠哥伦比亚省。[②]

新的郊区项目，水泥瓦

整齐地码在未完工的山墙上，

转到双城路，然后富兰克林路

[①] 80 号商业路（Business 80）是美国东西干道州际 80 号路（I-80）经过加州萨克拉门托的一段商业圈高速环路；州际 5 号路（I-5）是美国西海岸的南北干道。斯奈德接下来沿 I-5 向南到科森姆尼斯河边。

[②] 这两行是美国西海岸由南向北经过的城市；不列颠哥伦比亚省属加拿大，与美国接壤。

_68

在甜蜜的几乎野生的小河科森姆尼斯停下
就在莫卡勒姆尼 ① 与它交汇的地方
（"姆尼"在米沃克语中意思是"河"）
从河堤小路穿过蒲草，芦苇，风箱树，
小山谷橡树，溪流边的藻类。几乎没有鸟。
"遗泽"，过马路，走上木板小路
——视线不好，芦苇太高了。高速路轰鸣，
四只沙丘鹤 ② 正在啄食，长颈低垂，步履缓慢。
然后沿双城大道向西，直到河边。
进入"乐居" ③，停车，走过拥挤的第二街
所有倾斜建筑的二楼都向外探出，
闪亮的自行车——巨大的宝马汽车标识，带着新
　　奇的控制板。
在"乐居花园"中国人的地方吃饭，高银的选择，
磁带无休止地循环播放些糟糕音乐，邻桌是一对
　　白人夫妇，
一个留着小胡子的家伙；另一桌单独一个黑人妇女

---

① 科森姆尼斯与莫卡勒姆尼合流后注入圣华金河；下面提到的湿地"遗沼"（Lost Slough）在此处，北侧是东西向的双城大道，向西跨过南北向的I-5，直到萨克拉门托"河边"。
② 沙丘鹤（Sandhill Crane），又叫棕鹤或加拿大鹤，大型涉禽，通体灰褐色。
③ 乐居（Locke），又以乐居历史区知名，20世纪早期中国移民所建，位于圣华金河与萨克拉门托河三角洲。

带着两个小圆脑袋的男孩，头形超级好看。

出来，去胡桃林方向，直到我们找到 J-11 号路
　　向东去

在史坦顿岛路过一两片沼泽，然后向南。直路，
　　田野一片平坦，许多标记在提示

不许擅自闯入，不准露营，不准打猎，远离堤坝。

一路行驶，看不到太多东西，我曾希望，但即将
　　放弃。

转过方向，站在路肩上，观察田野：

平坦的农田——休耕——水淹——

到处是鸟。扫描更远处

数以百计的沙丘鹤在踱步——此时，

从天空传来沙丘鹤嘎嘎的鸣叫

边续的三声，两声，五声，从四面八方，

一圈圈，对应回旋，愈高，愈低

硕大的白银之身，长颈，头顶一点红，

混乱，群鹤无首，和谐，嬉戏——他们在做什么？

炫目，无处不在，成千上万

回戴维斯，四十英里，四十分钟

颤抖着回忆　　正在发生什么

就在 5 号路以西几英里处：

在湿地中，在连续的接骨木中 你可能称之为，

确实是真的， 世界

（2001 年 10 月，科森姆尼斯河和史坦顿岛）

脚踝深的灰

脚踝深的褐色泥灰　　雨后变黏

走过焚烧后森林的湿地面

（独臂机械工在修理拖车上安装的发电机

一只小烧烤架在拖车旁

检查柴油花了十个小时后，正在烤牛排）

——我们正小心穿过湿滑的灰烬到一棵砂糖松

——一位私人木材公司的规划师

一位州里来的消防专家，一位县里女主管

一位前森林管理官员，区域护林员

一位从事实业的科学家，他提前退休，做善事，

县里的学校主管，

和全国产量最大的公共森林之一的主管——

在大山漂亮的阴面高处

在很长一段时间的夏季山火和一周雨水之后。

经过几英里挺立的死树，开车到这里，

凝视对面山谷，

目光扫过无针的黑树桩，

树桩站立，烧过的针叶悬垂，

一片片绿树，看起来仍像是活着。

他们说，当大火变弱，地面积叶层又烧了数周。

我们来看的这棵高贵的砂糖松，仍是绿色，

七英尺胸径，"胸高处的直径"①

第一枝一百英尺以上。

区域护林员绕着树干基部

就在灰渣上面位置，凿出四个凹口：

树干形成层②已被地面积叶层缓慢的灼烧

烤干，变成了深色。

他说，"很可能三年后死亡。

但我们将让它立着。"

我绕着走一圈，祈神保佑它，"好运—长寿—

万物安好③——我希望会证明你说错了"

一边在烧焦的树枝上来回踱着步子。

（2001年11月5日对森林火灾后果的实地考察）

---

① 胸径（DBH），又称干径，指乔木主干在人胸高处（大多数国家定为地
　 上 1.3 米）的直径。
② 形成层（cambium），植物根茎中木质部和韧皮部之间的一种分生组织。
③ 原文 *Sarvamangalam* 是梵文，祝福语，意为所有人所有地方都平安。

冬天的杏树

树倒下

腐根历历可见，衬着天空，泥泞斜挂

树干和枝丫满地都是

在我妈妈的车道上——她的车被堵在了

房子边——她昨晚打电话

"我没法出门了"

我黎明时出发——凛冽而清朗，

从上周开始的小雪还在零星飘洒

小斯蒂尔树艺家的链锯（一只鸫鸟）

装备用的帆布背包

往城里去　　汽车在冰冻上摆尾

她在院子里，戴着来自从她的堆羊毛奖品

和来自"世间善心"活动的 ①

---

① 世间善心（World Goodwills），欧美一家慈善组织。

芥末色编织帽和樱桃色披肩

树的腐枝和柔曲的叶芽

同在一个可恶的临死的旧框里

我妈妈八十七（还在开车）

担心危险，

锯子的咆哮追逐她，直到屋里。

在清新明亮的空气中，我移动树枝和树干

木柴堆这边，碎渣在那边。

把车道打扫干净——三个小时。

屋里太热

喝巧克力，吃黑面包和熏牡蛎，

洛伊斯回忆起我年轻时的工作经历

那时我做这类工作

而我当时"那么聪明。但你小时候总是很努力。"

她告诉我一个故事：她自己，十七岁，在西雅图
　　兼职

在一家商店当店员，老板把她叫来一顿责备。

"你怎么会在那里购物？"——一家竞争对手的地方。

——她姐姐在那里工作（我姑姑海伦）

可以让她拿到一个好折扣

和他们给她的一样。

老板说"好。那好。嗯。"洛伊斯说,"还有

到加薪时间了。"我问你拿到加薪了吗?

　　"我拿到了。"

在这这张椅子上好几个小时

听这些陈年故事。

"我很瘦。这么单薄。"

现在她很胖。

"谢谢你,儿子,清除了那棵树。

你做得又快。

邻居会说

他马上就来了。"

嗯我需要变一下。

绕着不错的杏木走几圈——

也许我的会手艺的朋友霍利愿意要

你不能只当柴烧——做一只碗或一把沙拉叉子

老倒的

杏树

　　　　　　　　　　　（1993 年）

瓦列霍图书馆

瓦列霍图书馆[1]

在太平洋东岸曾是最好的

那时他正在读卢梭、伏尔泰

（有的是从"莱诺号"船上买的）

美国佬来了，他欢迎他们

虽然他们赶走他的牛和马

一年后，房屋、书籍和一切，焚为平地。

佩塔卢马河[2]东边的旧土坯屋仍屹立不倒。

牧场上的银色棚子一度是鸡舍

如今新的方块豪宅沿斜坡一路行进。

在我妹妹的"空壳"书会，有些退休的

养鸡人在散步，抚弄着喜欢的鸟。

---

[1] 马里亚诺·瓦列霍（General Mariano Guadalupe Vallejo，1807—1890），彼时西班牙所属墨西哥的将军，后为美国政治家、农场主。加州有以他命名的瓦列霍市，和以他的夫人命名的贝尼西亚市。

[2] 佩塔卢马河（the Petaluma River），位于加利福尼亚，流入圣巴勃罗湾。

瓦列霍把种植葡萄的秘诀教给了查尔斯·克鲁格
和阿格斯丁·哈拉兹——如今葡萄园无处不在
但支持无政府主义的鸡蛋生产者消失了。

海湾的底床全都因为采矿而变浅
冰河期以前的山脉变成了干枯的河床
为了黄金而被翻起，被水管洗过的砾石
在洪水中扫过山谷。
农场主们失去了耐心，矿工们也不见了。
新来的人住在山麓丘陵。
松脂和尘土，毒橡木。

晒谷场的篱笆给曼陀罗草 ① 遮了光
曼陀罗，曼达，大喇叭花，暗色的叶。
佛教之前世上就有的古老植物：
无论是谁在这里，无论什么语言——
种族或世纪，要知道
那植物会擦净你的心灵，②

把你所有的书丢到一边。

———————

① 曼陀罗草（jimson weed），又译曼荼罗、曼达、大喇叭花、山茄子，一
年生草本植物。
② 佛教《法华经》记载：佛说法时，从天空降下曼陀罗花雨（"天雨曼陀
华"），所以曼陀罗花在佛教中被认为是灵洁圣物。

等车时间

站在取行李处打发时间：

得克萨斯奥斯汀机场——接我的车还没来。

我前妻正在她家里做网站①

一个儿子，很少见面，

另一个儿子跟他妻子有一个男孩和一个女孩。

我妻子和继女在城里过周末

这样她能去高中。

我妈妈九十六，仍然一个人住，也在城里，

她总能恢复清醒，只是不大及时。

我前前妻已成为一个独特的诗人；

我大部分工作，

就这样　　　　完成。

今年十月二日是满月，

---

① 据维基百科，斯奈德至今有四次婚姻：Alison Gass（1950—1952），Joanne Kyger（1960—1965），Masa Uehara（1967—1989），前三次均离婚；本诗写于2001年，时为第四任妻子卡萝尔（2006年去世）。

我吃了一个月饼，睡在外面地上

洁白月光透过松树的黑枝条

猫头鹰的叫声和格格响的鹿角，

双子星座 ① 强劲上升

——很高兴知道北极星移动了！

即使我们此刻的夜空也终将消逝

不是说我能看到。

也许我会看到，很久以后，

某个遥远的时间，行于空中的灵魂之路，

众多灵魂的漫长行走——你在那里跌入中阴 ②

"狭窄而痛苦的通道"

挤压你的小颅骨

而你又在这里

等着来接你的车

（2001 年 10 月 5 日）

---

① 诗中原文是卡斯托耳和波吕丢刻斯（Castor and Pollux），希腊神话中的
李生兄弟，后成为双子星座。
② 中阴（Bardo），佛教用语，指死亡和重生之间的存在状态。

四

镇定，他们说

土狼医生每次遇到问题

土狼医生每次遇到问题
就拉一堆屎。在草地上，他问他拉下的屎堆
怎么办？它们给了他一个好建议。

他就说"我也正这么想呢"
就这么做了。　　　又继续走他的。

爪／因 [1]

献给禅心 [2]

——————

"图表"是爪的曲线，雕刻——
　　　语法是一种　　　编织

爪痕，蜥蜴滑行，单独一块
巨石的滚落。冰川刮过基岩，
　　　海滩上的波浪线。

说着，"这是以前的我"
　　　时间、心情和地点的散射符号

　　语言是　　呼吸，爪，或舌头

——————

[1] 本诗有文字游戏成分，如标题原文"Claws /Cause"、第一行"曲线，雕刻"原文"curve，carve"均音形相近。

[2] 禅心，即菲力普·魏伦（Philip Glenn Whalen，1923—2002），美国诗人，禅宗佛教徒，与斯奈德是里德学院的同班同学。又见《写给菲力普·禅心·魏伦》一诗。

"舌头"及其所有的摇曳

可能是一个字，表示

炽热的爱，和　　命运。

一个单独的吻　　一个细因（爪）

——如此宏大的效果（文本）。

多少?

澳大利亚,一场歌舞会上的女孩
拉普兰,驯鹿女孩

中国,马尾辫

希腊,七个女儿,姐妹 ①
或"航行之星"

金牛座的几颗黯淡的星,
昴星团

日本汽车的名字——
"斯巴鲁" ②

在玛雅语中——一群男孩

---

① 指位于金牛座的昴星团,俗称七姊妹星。在希腊神话中,阿特拉斯的七
  个女儿被宙斯变成了天上的这七颗星,其中六颗可以用肉眼看到。
② 斯巴鲁(Subaru),七姊妹星的日本名。

路上的满载车

斯图的粗重结实的黄色旧自卸车
停在他那儿　　"出售"
他还好，但时代和人在变。

一车车满载着被河水冲碎的蓝色矿石
在我们的路基上　　斯图和我
站着说话　　引擎空转
那些日子一去不返，

许多日子要来。

洗车时间

望着一棵灰松树，
被火改变了的短粗锥体
向上方束得紧紧，
那个轮胎店后面的一棵大树

——我坐在低矮的篱笆上
一群狂野的年轻人在做公益
给我女儿的车做清洗。
文身和留胡子的白人帅哥，
棕色和黑色的小伙，
我问"你们在给什么筹钱？"

"街头小酒馆的
毒品和酒精"
老瑞奇轿车
从没这么整洁过

给那些女孩，我刺穿了她们的耳朵

给麦吉·布朗·科勒

（及其他女孩）

有时我们想起那一刻：
你站在那儿，专心致志，几只衣夹
悬荡着，在每个耳垂上找好一个无血的小窝
我一边寻找一只软木塞和尺寸正好的针
接着用一个小金箍迅速刺穿。
唯一戴一只耳环的伙计
那时候回来

并不怎么痛
一个甜美热切的孩子
和一个疯狂的乡村伙计
他有一只耳环和
一只灰绿色的斜吊眼
和，甚至后来的，
这首诗。

关于艺术，她一切都懂

关于艺术，她一切都懂——她芬芳，柔和，
我骑车到她漂亮的石头公寓，把自行车藏在篱
　　笆里。
——我们在一次开放典礼上相遇，她的情人聪明
　　又富有，
一开始我们喜欢交谈，后来滑入长久温柔的爱情。
我们总是在黑暗中亲热。比我大了三十岁。

咖啡，市场，花朵

我的日裔岳母

生在美国

对经纪人强硬

一个精明的商人

在三角洲农场长大

从小赤脚做活。

不喜欢日本。

一大早坐在窗边

咖啡在手里，

凝视着樱花。

简·柯达

不需要诗歌。

在圣克莱瑞塔山谷 ①

像骨瘦如柴的野草花挺起

六角形的"丹尼"标志 ②

星光闪耀的"卡尔" ③

圆圈太多的"麦当劳" ④

八瓣的黄色"壳牌" ⑤

有一个大红圆圈的蓝白色"美孚" ⑥

生长在沥青路的河岸地带

邻着州际 5 号路车流的

　　　　　柔和的呼啸。

---

① 圣克莱瑞塔河谷（the Santa Clarita Valley），位于加州南部，圣克莱瑞塔
河的上游。

② 丹尼连锁餐厅（Denny's）的标识。

③ 卡尔快餐连锁店（Carl's Jr.）的卡通五角星标识。

④ 麦当劳的英文拼写 McDonald's 中类似圆形的字母。

⑤ 壳牌石油（Shell）的贝壳标识。

⑥ 美孚石油（Mobil）的标识中字母 o 通常是红色。

差不多好了

她曾遭遇车祸：现在差不多好了，
但体内仍在恢复，
骨头缓慢愈合——她焦虑，
仍然怕车怕人。
当我在蜿蜒山路上加速时
她发抖——眼睛恳求我——
我放慢了车速。
在一处高山草地，月光下，
她用微妙的指引告诉我
怎样跟她做爱且不伤害她
然后又在我怀里打了一会儿盹，

夜风温暖
香草的味道

猪

两只猪在一辆沿高速路行驶的小货车里
随着晃动踩来踩去，
　　　目光沿路基收回
　　　　　在它们最后一次风中行程里。

粉色大耳朵　　正四处张望，
紧绷的宽膀子　　细小的腿，
明亮活泼，姜白色的皮肤
风洗刷过的拱土者
　　　在水洼里发出哼哼声

它们不是猪肉，它们一直是猪：
　　　　　微风让它们振作，站在那儿，
　　　　　　　蒙尘的天鹅绒般的猪。

白天的驾驶结束

最后，浮动在冷水中的
红日球在下沉
穿过一片弥漫的雾霭

钻井的隆隆声，
5 号路上不息的汽车疾驰声；
在巴顿威洛 ①
6 号汽车旅馆的水池边，
巨型山谷的南端，
原始的土莱尔湖里的鬼魂

日落　泼溅。

———————

① 巴顿威洛（Buttonwillow），本义风箱树，加州圣华金河谷中的一个小
镇，因一棵风箱树而得名。

雪飞，烧灌木，停工

宽宽一排男人在开阔的松林里

柴油火炬　　　油滋滋的火焰

冻土　　山艾上的霜

伐木工人从灌木丛走向灌木丛

黑暗的天空因灌木丛燃烧而略红。

在希德瓦尔特山①，三名男子在马背上

火炬装在细长的矛上

孤峰和峡谷纵横交错数英里

数百灌木丛在燃烧

不变的轻雪。

（俄勒冈，暖泉，季末，1954 年）

---

① 希德瓦尔特山（Sidwalter Butte），位于俄勒冈州沃斯科县，有森林火灾
瞭望哨。

冰山常行

给谢默斯·希尼

作品带我到爱尔兰
　　一次十二小时的飞行。
利菲河；①
　　酒吧里的淡啤酒，
那么多故事
　　关于激情与战争——
一座小山顶上的石墓
　　风穿过那道门。
泥煤沼泽逝去：
　　冰河时代的人们。
无尽的田野和农场——
　　过去的两千年。

---

① 利菲河（the River Liffey），流经爱尔兰首都都柏林中心。

_98

我在戈尔韦①读诗，
　　只是虫子的鸣叫。
飞回家时还在思考
　　文学和时代。

一排排的书
　　在三一的长厅②
格陵兰岛冰层之上
　　一列列岩石山脉。

（1995 年 3 月）

① 戈尔韦（Galway），爱尔兰西部大西洋畔的城市，也是戈尔韦郡郡治所在地。
② 长厅（the Long Hall），指都柏林三一学院旧图书馆的主藏书室，建于18 世纪。

写给菲力普·禅心·魏伦

逝于 2002 年 6 月 26 日

（兼寄三十三棵松树）

一车原木
铁链系好，检查两遍
卡车缓缓上山

我鞠躬，双手合十，告别
这些黄松木——
我们分享了它们的空气、雨水和太阳

三十年，
被虫叮　　针刺
变成锈褐色
继续向前。

——甲板，货架，壁板，
桁条，壁骨，和搁栅，

我会想起你们　　来自这座山的松树
当你们在未来的年岁里
在谷地里庇护着人们

写给卡萝尔

我初次见她是在禅室

吃饭时　正打开碗的包布

头向前倾，又叠起那块布

　　作为值日生，我正跪着

每次盛满三套碗

平齐于

　　　　她轻盈的腿

　　　　骄傲，怀疑，

　　　　热情，训练有素

　　　　因

　　　　高度　因

　　　　山巅之险 ①

———————

① 卡萝尔以徒步山地知名。

稳住，他们说

攀上一片干河床边的岩石，
变形的砂岩，在圣胡安河边，①

看北边的石头山脉
飘移的云朵和太阳

——绝望于人世之堕落

咨询我的老顾问

"稳住"，他们说

"今天"

（在圣胡安河上的斯立克霍峡谷，1999年）

---

① 圣胡安河（the San Juan River），科罗拉多河的支流，流经亚利桑那州、
新墨西哥州和犹他州；斯立克霍峡谷位于犹他州，下邻格伦峡谷。

五

风中尘土

灰松鼠

三只松鼠喜欢， 掷向一根松枝的末端，跃起，
　抓住
一条橡树枝倾斜向下勾——隔空跳向另一棵松
　树——
又继续——丛林树冠的世界每一次都"嚓——
　嚓——"
责备空荡荡的空间

　　沿着它们摇摇晃晃的橡树枝的路线
　　几根松针正向下飘落

夏末的一天

九十年代早期，夏末的一天，我和老友、前长滩工会工作者、旧金山活跃人士杰克·霍根在我的山中小镇一起吃午饭。业主最近已买下并拆了相邻的砖头建筑，那儿曾经是一家二手书店，"3Rs"①，由一位爱嬉戏的前教授运营。我们在露台上的餐桌，正好在他的柜台位置。杰克一度与我妹妹结婚。回溯五十年代，我们都在北滩晃悠，但如今他住在墨西哥。

> 这当下一刻
> 　它活着
>
> 又变成
>
> 很久以前

（1994 年）

───────────

① 3Rs，三个以 R 开头的单词的缩写，译者推测是环保用语 reduce、reuse、recycle（少用，重复用，回收利用）。

把风洒落

高速路上微弱的马达声，缓慢平稳的半拖车和飞
驰的小轿车，形成了遥远的曲调；两个细钢塔，上方
有微弱的灯闪烁着；我们上了两块休耕稻田间一条凸
起的泥土路——风吹来更多的汽车轰鸣

　　数以百计的白额雁
　　突然出现
　　把风从它们的翼上溢出来
　　颤抖着，从侧面滑下

　　　　　　　　（2002年2月在科森姆尼斯的遗泽）

加州月桂树

那位植物学家告诉我们

"靠近戴维斯木材公司那边，在家具和水管之间，
生长着一棵希腊月桂——没有太多的气味，但它是从
前诗人们头上戴的那种。现在的加州月桂实际上不是
月桂。它能赶走臭虫，给沙司调味，还有，如果您采
取措施深呼吸，它真的清除您的鼻窦炎——"

破碎的树叶，那种气味
让我想起了安妮——在大苏河边
她在月桂树下扎营——整整一个夏天
吃棕色大米——裸体——做瑜伽——
她唱的颂歌，她深呼吸的方式。

烘烤面包

农家院里的温暖阳光　一棵巨大的老栗树　就在昨天
这个女人说　被野生恒河猴突袭了
我们吃了野猪肉，用栗子炖　当午餐。
鹿，野猪，猴子，狐狸　在这山里
还有许多水坝　小卡车在崎岖的窄路上

离东京四小时
色彩鲜艳的工作服
住在废弃的农场
反对混凝土大坝
这女人说"我是嬉皮士"
一边烤着面包

（2000年10月初在三峰川河源，日本阿尔卑斯山①）

———————

① 日本阿尔卑斯山，指本州中部的山脉，包括飞驒山脉及其南部的木曾和
　赤石山脉。

一辆空巴士

　　杰卡的地方，一栋两层农舍，也是这狭窄山谷里留下的唯一一栋。把车开进停满轿车和小卡车的院子。几家人挨着火塘坐在地板上，厚重的木板桌上堆着当地食物。太棒了，又见到杰卡——他是捷克人，和他的日本妻子已经在这里五年。他们的女儿进来，可爱的年轻女子，瞥了一眼。杰卡说"她害羞"——"爸爸，我不害羞!"她用英语坚定地回答道。她叫"阿卡蓓"，开花的藤蔓。几年没见，我与从远乡外地来打招呼的朋友们叙旧。楼上以前是一个养蚕的阁楼。杰卡和惠津子用希腊的山羊毛编织地毯。附近镇上的一个临济宗 ① 禅师来拜访，计划与我们的老朋友山上一起读诗。巴布唱冲绳民歌，余音不绝如缕。孩子们靠近炉火坐着。磨光的深色木材，香甜的草本茶。老屋，新歌。吃过唱过，天已黑了。需要继续行

---

① 临济宗，禅宗主要流派之一，在日本极为繁盛。

程——回到车上——

夜晚，山间的峡谷峭壁路上

建筑物有灯火闪亮

我们等待，直到另一条小路驶过了

一辆空巴士

（2000 年 10 月初在三峰川河源，日本阿尔卑斯山）

飞鹰无影

　　我的朋友迪恩带我去桉树河金矿区 ①。下桉树河
从这里流出，进入萨克拉门托河 ② 谷地平原，介于草
地和蓝橡树草甸之间，一英里宽。它继续十英里。正
是在这里，尾矿因十九世纪七十年代摆荡的河床而溃
落——从巨型软管将它们冲下山坡之处，向下游四十
英里。

　　我们在蓝色羽扇豆覆盖的百尺砾石圆丘上漫步，
最后站到了春天涨水的上方。看见一只雌鱼鹰沿着主
河道狩猎。她飞行时忽上忽下，忽左忽右，突然间冲
下数英尺，冲进水里，叼着一只鱼浮了出来。也许这
样曲曲折折飞行是在欺骗鱼，所以——飞鹰无影。卡

---

① 桉树河金矿区（Yuba Goldfields），即位于美国加州桉树县的桉树河
　河谷。
② 萨克拉门托河（Sacramento River），加州北部河流，向南流入旧金山湾，
　河畔有加州首府萨克拉门托市。

萝尔后来说，这就像坐禅，没有你的自我进入其中。

站在下桉树河边的砾石山上

可以看到西边下方有一架从比尔来的巨型空

　　军运输机 ①

正进行悬挂式滑翔，准备着陆

慢得让人奇怪，在溃后疏浚的金矿区上方

——练习飞行

一架货机的影子——很快消失了

鱼鹰的不存在的影子

仍在此处

_____

① 比尔（Beale），位于加州的一处空军基地。

香黛尔

我在一个公园里的露天晚会上对学生演讲。结束后，坐在凳子上喝果汁，大家聊天，一个深色头发的纤细女人走过来，微微一笑。

她带着她女儿，也许九岁。也是深色短发。介绍她，"这是香黛尔。"我说，"请——给我讲讲香黛尔这个名字。"那位母亲坐在我旁边的长凳上。"香黛尔，"她说，"是意地绪语——意思是美丽的。"

然后她把女儿拉近身边，双手捧着她的头，说，"比如，香黛尔脑袋。"然后把双手放在女孩的脸颊上，说，"比如，香黛尔面庞。"——小女孩站在那儿甜甜地对着母亲微笑微笑。

"你为什么想知道？"那女人问我。我告诉她，"我有过一个珍爱的朋友叫香黛尔，她在格林尼治

村 ① 长大。很有才华，很可爱。我再没见过这个名字。"——"这个名字不常见——意第绪语也不常见。我喜欢你的演讲——我女儿也喜欢。"——她们漫步而去。

人们在暮色中离去
灯亮着，有人在船舱里击鼓
我记得香黛尔说
"我们是激进分子和艺术家，
我是村里的小公主——"
在旧金山她的家里
半个世纪前。

---

① 此处指位于纽约的格林尼治村，以艺术家天堂、波希米亚之都而闻名。即下文"村里"。

夜　鹭

在普塔溪一片茂密的椭树林里。从太阳光里快步
走出，进入枝叶遮蔽的空地——树枝间传来持续不断
的戏谑般的鸟鸣，许多难以分辨的鸟——它们移回
来，移上去，停在视线外。这是一个巨型的黑暗大
厅，以闪闪发光的树叶为拱——一张高高的槲树枝条
的网络——四五棵大树织在一起。这时看到：一只巨
鸟在一根大树枝上，头向下掖起，静止不动，安睡。
再向下细看，看见了别的——是夜鹭！一处又一处，
稳居不动。有一只移动一下，它们知道有人在这儿。
夜鹭在这个树叶遮荫的大厅里度过白天。

　　　行驶于 80 号路东向车道，在布莱特转弯
　　处① 的桥上

---

①　指位于加州优洛县的布莱特（镇），萨克拉门托河在此转弯，I-80 从此通过。

萨克拉门托河上方
被飞驰而过的卡车带来的风抽打，
　　想起夜鹭
在枝叶茂密的宫殿里，在树荫深处，一片水
　池边。

　　　　　　　　（家鹭科，黑冠夜鹭）

雅典卫城回来时

图拉·希特在街上遇见我——她做翻译，把德语和意大利语译成希腊语。我们一起去雅典卫城。走过蜿蜒曲折的小街道，绕着东尽头，到南边的城墙和悬崖，向西，经过半立的俄尼索斯剧院。伸手向上，摘到几颗变干枯的极差的橄榄——好苦！

沿阶而上，到一个观景台，闪烁的阳光里，我们已在雅典上空。这座现代城市开始黯淡。图拉的朋友来了，带我们走在陡峭的台阶上，经过熊少女阿耳忒弥斯 ① 的小神龛，又进入洁净的大石板的天地，潘泰列克大理石，新堆积的旧石——门楣在街区高处，旧坡向下倾斜。

走过祭奉灰眼睛雅典娜的高耸的帕台农神庙的门廊

_____

① 阿尔忒弥斯（Artemis），希腊神话中的狩猎女神，宙斯之女。此处说的神龛在帕台农神庙西侧。

边缘，拐入悬崖边的修复办公室喝茶。他是塔索·坦努拉斯，负责整个展示修复项目，尤其是帕台农神庙。他对建筑物废墟一个一个地说明，并解释了"任在"的校准美学。城市下方是喧嚣。冷风——现在看到散堆的大石块上，疯狂的家猫部落。整个山顶是一份层层积累的"重写手稿"，塔索说，建筑物有新石器时期的，迈锡尼时期的，伯利克里时期的，以及更晚的。那时我想，这是一个露营的好地方——他们说，这里有一眼泉，就在下面几码远，人们必定曾经在这里露营——

几生几世前
被吸引到这块石边
我攀上去
望着云和月，
睡了一夜。

梦见一个灰眼睛女孩
在这石山上
那时
没有建筑

（1998 年）

鸸　鹋

驶出向西延伸的山麓——有一层高高的云，那么
薄，足以让很多光透过来，不仅阳光，而且，家里太
阳能充电的控制器上显示为五安培。在楚克塞尔路，
我在云雾笼罩下严重跌伤。从这么高处下来，你知道
有两层云，一层高的，一层这么低的。靠近戴维斯，
云的腹部几乎在地上，现在成了雾。

在这潮湿的忧郁中，我设法捡起激光打印机——
已经修好了，在记者采访区买一份《经济学人》，在
那家亚洲人的店里买韩式拉面，然后游荡下来，到红
朗姆酒汉堡尝试吃鸵鸟。

回想起鸸鹋：是去年夏天，有一只鸸鹋在院子
里，带一个绿色箍带（大概是识别带，也许有一个
序列号和一个防疫注射记录）。我们那儿被十多英里
的森林包围着。它很快跑开了。我把这些告诉了肖
娜——她在头脑中把它换成了鸵鸟。作为鸵鸟，它的

形象进入了杂志 / 滑稽诗，箍带，等等。

我回忆起这一切，当我在这个如今叫作"红朗姆酒"的地方吃着鸵鸟汉堡，这是"谋杀"，倒退。因为多年来，它都被称为"谋杀汉堡"，一直到，我猜，那里发生太多的谋杀。鸵鸟汉堡很好吃。它很大，有很多生菜、洋葱、辣芥末、瑞士奶酪和芝麻面包。在所有这些里面，你真的尝不到鸵鸟有什么特别的——它只是好吃、耐嚼。我认为他们不会做得极好。据说它对你有好处，低脂肪。而且，比起那些为了屠宰场而被高粱或玉米喂肥的同类，鸵鸟在食物链条上可能吃得更低端。

它的味道当然像鸸鹋！反之亦然。鸸鹋，发生在遥远的新西兰的一个平行演化的案例。那里没有箍带。但不急！毛利人可能已经在那些俊美大腿周围文上了某种绿色图案。

迷路的鸸鹋在山上松树林中游荡
我已经装扮了你，给你文了身，
已经吃掉你，广传你的美名，
在吃午饭所需的时间内。

日枝神社和"一树"区

东京赤坂的日枝神社是在一座树木覆盖的小山上——颅骨状的石头小山，环绕四周的是向四面八方绵延数公里的都市之海：大小不一的城市建筑，宽阔的交通道路，狭巷街区，高架公路，纵横交错的地铁。巨大的饮食大楼位于北边，再过去是皇家宫殿，由护城河围成了一座岛。毗邻神社的高档的首都东急酒店，就建在神社卖出的土地上。一棵巨大的银杏树在宽阔的神龛楼台阶脚下，通向一片常青阔叶硬木和茂密灌木丛的森林。台阶顶上，神龛建筑前是一个平坦的白色砾石院子，木头都漆成红色。

吵闹的乌鸦和蹦蹦跳跳的麻雀，疾跑的蜥蜴。城市沙漠中的绿山，"岛屿生物地理学"——鼩和壁虎洞居在神龛保护的小树林里，等待它们的时间再来。沿着另一组陡峭的台阶，穿过下面的街道，你就走进了拥挤的"一树"区，那里有许多小型的多层建筑。

无数年轻的休闲工作者在数千酒吧里摆出食物和饮料，直到黎明。

　　　　从"一树"酒吧区

　　　　到议会区 ①

　　　　山上有一条近路

　　　　沿宽而陡峭的台阶，像

　　　　穿越一个关口

　　　　在另一边下来

　　　　"尽管你可能很忙

　　　　　　停下

　　　　并微微鞠躬

　　　　向神社的

　　　　山神"

　　　　一个标牌上写道

————————

①　日枝神社的附近集中了国会图书馆、国会议事堂、众议院、外务省等政治机构。

鸬　鹚

　　向下走到靠近浪花的岩石落脚处，能看见岩石光
滑的长尖伸出去，上面直立着黑色鸬鹚和几只灰白色
的海鸥。岩石轻触水纹和鸟白的细流，像马克·托比
的"白色写作"[①]——以圆环和泼溅的方式绘画——富
含石灰的粪便指向鱼状的波浪。

　　一些岩石比其他岩石更具装饰性。当微风吹
起，一阵不为人知的臭气，氨的味道——刺伤你的后
脑——唯一比这儿还糟糕的地方，是那次在阿拉斯加
湾的一艘渔船上——沿着海狮岩石，整个东西吹在我
们的脸上，可怕的腐肉气味喷过来，抽打我们。

　　每个鸟类学家都有自己的石椅子，下面有长条

[①]　马克·托比（Mark Tobey，1890—1976），美国画家，以其"白色写作"
　　绘画方法出名。

纹。一些岩石是空的，没有文字。

鹈鹕拍翅缓慢。鸬鹚飞行笨拙——从水中起飞，拖曳着脚趾在波浪间拍打翅膀——拍打——拍打——留下泡沫的刮擦声，直到它们刚刚勉强飞起来，从不飞更高。悬崖上的鸬鹚射飞出来，向下飞，直到他们拖曳脚趾，然后再次获得高度。在水下它们也是快如喷射，姿态优雅。

　　脚趾正在水中写作
　　岩石用水流绘画
　　在风中播洒香味
　　鸬鹚打开它们黑色的薄翅
　　谈论艺术，训示
　　小鱼组成的云朵

出　发

　　沿着五号路，从洛杉矶北部狭窄的小镇戈尔曼 ①
开始，长满草的大山陡峭上升。簇簇灌木和片片春天
的野花在盛开：加州罂粟，羽扇豆，火焰草，虎纹
枫——蓝色，橙色，和黄色——在上方的斜坡上现
出拱形。"戈尔曼"写在山坡的水塔上。在戈尔曼的
"卡尔"快餐连锁店喝咖啡，我问刚刚把车停在斜坡
上、走在我身后的卡车司机："那些大家伙，你们到
底怎么开的？"他说，"它们真的容易。"——"还有，
你们必须找到能停车的地方。"他笑了，"是的，你
也行。"

　　　　　向北驶往泰洪关

---

① 　戈尔曼镇，位于加州洛杉矶县（不是洛杉矶市）。下面提到的泰洪关在
　　戈尔曼北边。

嗡嗡的蚂蚁纵队车辆

六到八车道宽

在牛褐色的陡直山脉间

转弯经过一个缺口，不见山顶

稀疏的春花

大卡车挨着水塔停放

太阳，汽车，山丘，咖啡——全部

要出发

千羽鹤

几年前，卡萝尔的癌症预后不妙，几位亲戚聚在一起，开始折纸鹤。他们折了一千只不同颜色的纸鹤，送给我们。这是一种表达爱的风俗，祈愿病人痊愈。卡萝尔病情好转，虽然没痊愈，这些纸鹤如今用绳子串着挂在屋里，像墙上的花。

在东亚，鹤是吉祥高贵的鸟类，寓意长寿、健康、好运和祝福。在艺术作品中很常见。目前世界上的鹤大多数集中在西伯利亚和东亚——夏季在北方，冬季在印度北部、中国东部、朝鲜中部和日本南部的九州岛。

北美有两种鹤：一种是濒危的高鸣鹤，另一种是灰米色的沙丘鹤。一群沙丘鹤降落到加利福尼亚中央谷地：约三万只在此越冬，在洛迪、科森姆尼斯、桑顿周边，向西到萨克拉门托的胡桃林①。二月下旬，在

---

① 位于加州萨克拉门托县的一个人口聚居区。

它们飞回北方之前，我和一个朋友又一次去科森姆尼斯看这群水禽。我们发现一处有水的稻田里，游满了白额雁、环颈潜鸭、长尾鸭、水鸭、黑鸭、苔原天鹅。然后看见远处一条堤岸，有许多鹤在踱步，觅食，飞速奔跑，鞠躬舞蹈。他们说："正准备回到北方。"

一个月后，我和卡萝尔在伯克利第四街看到一家亚洲工艺品店，"一千只鹤"，有古老日本的微妙香味和桧木香气。我问那个漂亮的日本女人："你们怎么说一千只鹤？"她笑了起来说："千羽鹤。"①"哦，是的，一千只鹤的翅膀。"我告诉她，我和我妻子住在内华达山上，能看到鹤正好从我们那儿天空飞过。我回想起三月初——卡萝尔在外面，我守着商店。我们开始听到鹤鸣的回声，看到一个 V 字形——由许多小 V 字形排成一个大 V 字形，正飞向东北方。它们很高，但我还是数了一部分，八十只。它们不断到来，一个又一个梯队——鹤只是斑点，但回声响亮。整个下午都是更盛大的飞行着的楔形——至少有一千只鹤。

所以我告诉工艺品店里那位女士，"不久前我们

---

① 千羽鹤，原文是斜体 *senbazuru*，对应日语汉字"千羽鹤"。

_130

看到鹤向北飞行，整个下午一直飞来，至少有一千只。"女人笑了。"当然。真正的活着的鹤。祝大家好运，祝你好运。"

    从阴暗的工具房里

    听到这些"嘎——如——嘎——如"

    来自天空的鸣叫

    走出去眯眼看，明亮的

        视野里空无一物

    只有偶尔的遥远的鸣叫

    呼应着，微弱的，

    加拿大沙丘鹤 ①

    正一路向北

        一英里高

---

① 原文是加拿大沙丘鹤的拉丁化名 *grus canadensis*，斜体，译文用楷体。

献给安西娅 · 科琳 · 斯奈德 · 劳瑞 [①]

（1932—2002）

她在担任马林县大陪审团成员期间[②]，赶往一个聚会，在 101 号路上佩塔卢马[③]南边。她前面的一辆小卡车上掉下一台割草机。她扛到肩上，往右边车道过来，想把它丢出去。这是她一贯的行事风格。被一辆疾驰的轿车撞上，当场死亡。

白鹭站在那里
　　一直站在那里
　　　　在那个横道上

在佩塔卢马河上

---

① 安西娅是加里的妹妹，1942 年父母离婚后，两人随母亲生活。斯奈德 2015 年诗集《当下集》即题献给她。
② 大陪审团用于刑事案的庭前程序，通常由 23 名普通公民组成，不得低于 6 人。
③ 佩塔卢马（Petaluma），美国加州索诺玛县的一个城市，东邻 101 号公路；有同名河流经佩塔卢马城，由 101 号公路下南流。

祇园的大钟

祇园寺钟声回响，直入每个人内心，唤醒我们面对这一事实：一切皆无常，一切在飞逝。释迦牟尼临终时那些撒拉树上的枯花，在提醒我们：纵使繁盛一时的富人、强者，也将很快消逝。人世的盛名与骄傲，短如一场春梦。进取的勇者，亦消逝如风中飘尘。

——《平家物语》，十二世纪

元旦前夜，从祇园寺回我们在村崎野的小房子时，拿着一只燃着的烛芯——是一个僧人的施予，在新年圣火里点着的，圣火是用弓钻打燃且净化过的。一边走一边轻轻摆动长烛芯，让它继续燃烧，在边晃动烛芯边回家的人群中，终于搭上一辆的士。到家后马上用几乎熄灭的烛芯点燃了一根丙烷条。现在，一支圣火在家里了。祇园的大钟依然在新年里回响：柔和，洪亮，在三公里外的家里一如在寺庙里。

沿鸭川 ① 而上

向西北，到一片高地。

在除夕午夜过后：

祇园的大钟

一百零八次

越过城镇，低沉有力。

越过山谷到来

它是一声黑暗的耳语

回荡在你的肝脏

修补你的

　　脆弱的心。

（祇园，神社、寺庙，位于京都东部。

名字源于佛陀教化众僧的印度祇园精舍）

---

① 鸭川（Kamo River），位于日本京都地区的一条河。

六

巴米扬之后

巴米扬之后

2001 年 3 月

中国的佛教朝圣者玄奘，曾描述过这两尊巨大、灿烂、上漆的大佛雕像，屹立在巴米扬山谷边缘的石龛中。当时是七世纪，玄奘去往印度途中，步行经过那里。① 上周，它们被塔利班炸毁了。不只是被塔利班，还被鄙视女人和自然的专横的世界观，这种世界观比亚伯拉罕还要早。丹尼斯·达顿发布了这首诗：

> 甚至不是
> 在迫击炮的火力之下
> 他们退缩。

① 巴米扬大佛，位于阿富汗巴米扬山谷的石窟中，被联合国教科文组织列为世界文化遗产，包括两尊大佛，高度分别为 53 米、37 米，脸部和双手均涂有金色。唐代高僧玄奘著《大唐西域记》第一卷"梵衍那国"条记载："王城东北，山阿有石佛立像，高百四五十尺。金色晃耀，宝饰焕烂……伽蓝东，有鍮石释迦佛立像，高百余尺。"

巴米扬的大佛
在尘埃中得到庇护。

愿我们在当下保持头脑清晰、冷静，并荣耀这
尘埃。

◊

2001 年 4 月

来自一个人写到佛教的人

亲爱的加里：

　　嗯，是的，但是，清楚的是佛法内部轮回，并将败坏。

　　——是吧。

——我回了信，

　　啊是的……无常。但这绝不是不加同情和关注的理由，或因为他人只是无常的生命而忽略其痛苦。

一茶的俳句说，

　　　　"这露珠的世界
　　　　只是一个露珠的世界
　　　　然而——"

　　那个"然而"是我们长久的惯例。而且可能是佛法之根。

◇

一个应该更明白的人，写道："许多轻信和感伤的西方人，我怀疑，因阿富汗佛像被破坏而不安，因为他们认为，所谓的东方宗教更温和善良，少教条……所以——没什么神圣的？只有对人类生活和文化的尊重，而这不需要神圣的约束力，不需要牧师灌输它。对圣地和圣典的愚蠢崇拜仍然是这种纯粹认知的主要障碍。"

——我回答说："这又是一个'责怪受害者'的案例。在这里佛教不是被审判。巴米扬佛像是人类生活和文化的一部分，是艺术作品，被经书的偶像崇拜者摧毁了。尊重从前的艺术和宗教文化，与'轻信'有任何关系吗？依赖于（大多数）佛教徒的温和善良，你可以在抨击巴米扬佛像时感到安全，就像塔利班做的工作还不够好似的。"

◊

2001 年 9 月

那些死在世贸中心的
男男女女
　　加上
巴米扬大佛，
　　在尘埃中得到庇护。

散落在大地上

一点火星，或
导火线上缓慢移动的火
潜行，向着
沙漠紧抱之处

紧抱汽油，硝石，煤矿瓦斯，
地下嗡嗡响的矿物质，
正在等待。

紧抱在几个坚硬的词语里
在一种黑暗情绪里，
在一种古老耻辱里。

人类，
　　杰弗斯说，像一次快速的

爆炸，在这个星球上
我们散落在大地上
五十万年
我们怪异的爆炸在传播——

之后，
瓦砾——风化千年，
变软，碎片，
再次发芽，绿色

从高处落下，手挽手

那是什么？
飞溅的玻璃和滚滚
火焰的风暴

满天晴朗——

好过燃烧，
手挽手。

我们将是
两只　游隼　猛冲

一直向下

隔田川浅草寺的观音 ①

在浅草寺的佛堂

数以百计的信徒涌向高高石阶，

进入大堂，向功德箱投硬币——

望着黑金色的房间，某处有一尊

观音，观世音，慈悲女神，

观自在菩萨，②

平和慈悲，为这个世间

　　这个特别时代的所有人，

老人和年轻人在转圈。焚香如云。

我们随着人流，走出南侧台阶，

白色砾石，沿着通向那里的

----

① 隔田川是日本东京都的一条河，注入东京湾，沿岸风景甚美。浅草寺是
　东京最古老的寺庙，正式名称为金龙山浅草寺，也叫浅草雷门观音寺。
　"浅草"出自唐诗人白居易的诗句"浅草才能没马蹄"。

② 此处原文是观音菩萨的多种名字（Kannon, Kuan-yin, Goddess of Mercy,
　Avalokiteshvara Bodhisattva），汉语中亦有多种名字（观世音，观自在，
　观音）。观世音菩萨现男相，亦现女相，本身的大菩萨相是大丈夫相，
　中世以后汉地以女相居多。

参拜神道返回，

道旁是林立的街道商店和摊位，挤满了

婴儿车，老人轮椅，穿着无袖衫的女孩们，

回到入口处的大门。

金龙山，雷门，

红木柱和扫瓦檐——

回到街道上：交通，警察，出租车，

江户的天妇罗餐厅。

到对面的河滨公园空地

有男人在树荫下纸板上盘腿打坐

步入当作水上巴士的长扁舟

沿隅田川而下。

我曾无意中来过这里，从右岸，

逆隅田川而上，从海上接近浅草寺。

在雷门下，漫步参拜神道，

爬台阶，到

观音菩萨，慈悲的菩萨，

恳求：请引导我们渡过轮回。

（"形式，感觉，思想，冲动，意识，

是不生，不灭，

不增，不减，

心无挂碍！故无有恐怖。"）①

为众生

无论生否，存否，

时间之内　或　之外

———

① 这里大致是引用《心经》："舍利子，是诸法空相，不生不灭……不增不减……无挂碍……故无有恐怖……"

使　者

一首给亿万生灵的回转之诗

我们已再次说到咒语中那些未知的词语
这些咒语能净化世界
把它的美德和能力回转　　回向
那些在战争中死去的人——在战场——在海上
给亿万精灵——在有形的,
无形的,或在热欲的国度。

向所有真实的和匍匐于地的生灵致敬
在所有方向,　在有形的,
无形的,或在热欲的国度

向所有高尚清醒胸怀宽阔的生灵致敬;

致敬——度无极之路的大智慧 ①

摩诃般若波罗蜜多

（来自中文）

---

① 度无极之路的大智慧，即摩诃般若波罗蜜多的意译。下一行是其原文 *Mahaprajnaparamita*，斜体，译文用楷体。Maha 摩诃，意为"大"；prajna 般若，"智慧"；paramita 波罗蜜多，"度"，"到彼岸"，"度无极"。摩诃般若波罗蜜多，简称大般若，又译"大智度"。

英文版注释

《一九八〇年：喷发》

在无线电中平静地呼叫的人，是杰拉德·马丁，位置在冷水山站以北两英里处，离火山口七英里。他是来自加州南部的已退休海军无线电志愿者。火山喷发的第一个受害者是在冷水山第二观测站观测的火山学家大卫·约翰斯顿。他在一九八〇年五月十八日早晨八时三十二分发出了著名的消息："范库弗峰！范库弗峰！对的！"他的观测站被汽化了。这个观测点现在被称为约翰斯顿岭。

《珠光香青》

"悉达多离家/一去不回的那个晚上，参加的那场大聚会"，参见公元二世纪阿什瓦霍沙的著作《佛陀的行为》中的一段文字。它描述了一场宫中晚会结束后，悉达多的许多美丽同伴都以各种轻松的姿势在地板上睡着了，但悉达多仍然醒着，在他们中间踱步思考，"即使是有特权的年轻人的活泼快乐来到这里！"等等，然后走到马厩，骑上马，进入森林。剪了发，练习瑜伽和苦行，学习冥想，最终开悟，成了"觉者"——"佛"。

《千羽鹤》

关于沙丘鹤的颜色"灰米色"，《麦修恩色彩手册》中最接近的颜色是"沙卢克"（6E3），这个词来自伊朗一个村庄的名字，是传统的地毯颜色。

《祇园的大钟》

祇园神社和寺庙建筑群是日本东京都东部最受欢迎的地方之一。它沿着山丘的低坡延伸。它的名字取自古印度城市舍卫城郊区的祇园。祇园是历史上佛陀最喜欢的停驻地：他在那里度过十九个雨季。许多教义中提到祇园，据说那里有一口大钟。

《隅田川浅草寺的观音》

这座受欢迎的佛教寺庙通常被称为"浅草观音寺"，即"浅草区的观音寺"。在隅田川的右岸，一直有数不胜数的小店、寺庙、公园和大众娱乐。

七世纪时，三名渔民拉网捕鱼时发现了一个观音像。他们先把它放在一间小屋里，这里逐渐成为一座大庙，最早的江户（东京旧称）。很快，在第一个小佛像（据说只有 2.1 英寸高）旁边，有了许多其他佛像——一个观音，一个不动明王，一个爱染明王，等等。所有这些都在二战期间烧毁了。重建的寺庙具有旧式的力和美。朝圣者和游客成群结队，来来往往。

致　谢

尤其是：

卡萝尔·柯达（Carole Koda）

杰克·休梅克（Jack Shoemaker），同仁，也是出版者

弗雷德·斯万逊（Fred Swanson），科学家、哲学家、徒步者

田村亚纪（Aki Tamura）和大鹿村的村民

内田鲍勃（Bob Uchida），诗人-音乐家

滨田千津（Chizu Hamada），因为千羽鹤

迪恩·斯威加德（Deane Swickard）

丹尼斯·达顿（Dennis Dutton），谢谢他所写的关于巴米扬的诗歌

艾尔瑞奇·摩尔（Eldridge Moores）

盖瑞·霍尔特豪斯（Gary Holthaus）

亨利·曾克（Henry Zenk），为我释疑萨哈普丁

地名和"路维特"

伊莎贝尔·斯特林（Isabel Stirling），协助研究并且提出建议

简·柯达（Jean Koda）

杰卡·韦恩（Jirka Wein），为我讲述布拉格和日本南部阿尔卑斯山脉

凯·斯奈德（Kai Snyder）

那霸的山田胜己（Katsu Yamazato）

韩国的高银（Ko Un）

李·古尔加（Lee Gurga）

雅典的利安娜·萨科里乌（Liana Sakeliou）

神户的本出美沙（Misa Honde）

东京的泷泽森熊（Morio Takizawa）

榊七夫（Nanao Sakaki），他翻译了小林一茶的《蛇》，九鞠躬

彼得·马蒂森（Peter Matthiessen）

关东平原的三岛佐藤（Satoru Mishima）

杨小娜（Shawna Ryan），谢谢鸵鸟和鸸鹋

原成兆（Shige Hara）

斯蒂夫·安特勒（Steve Antler）和卡拉·朱庇特（Carla Jupiter），以及河上的房子

斯蒂夫·厄班克斯（Steve Eubanks），讲解"星

星之火"

乌尔苏拉·勒吉恩（Ursula LeGuin），谢谢她写的有关圣海伦斯峰的鲜见好书《在红区》（*In the Red Zone*）

普塔拖伊（Putah-toi）的年轻诗人们，坐在夏日轻尘里

说　明

《山巅之险》中的部分诗歌在以下刊物上刊载过。这些编辑和出版方付出了辛勤劳动，特此致谢。

《雅典卫城回来时》，节选部分以《卫城山》为题，刊于《米》(*Metre*，2000 年春夏号，英格兰)，和《风格》(*Facture*，2001 年 2 月)

《巴米扬之后》，刊于《芦苇》(*Reed*，2002 年 2 月)

《脚踝深的灰》，刊于《年轮》(*Tree Rings*，16 期，2004 年 1 月)

《烘烤面包》，刊于《毒橡树（别册）》(*Poison Oak broadside*)，七巧板出版社 (Tangram Press)，2003 年 5 月

《洗车时间》《夜空中的花朵》《亮黄》《喜欢鲑鱼》，刊于《图勒评论Ⅳ.Ⅰ》(*Tule Review* Ⅳ.Ⅰ，30 期，2003 年冬)

《爪 / 因》，刊于《香巴拉太阳》(*Shambhala Sun*，

2002 年 10 月）

《咖啡，市场，花朵》，刊于《风格》(*Facture*，2001 年 2 月）

《凉爽的泥土》，刊于《现代俳句XXXⅢ.3》(*Modern Haiku* XXXⅢ. 3，2002 年秋）

《写给菲力普·禅心·魏伦》，刊于别册，七巧板出版社，2002 年

《多少?》，刊于《风格》(*Facture*，2001 年 2 月）

《冰山常行》，刊于《加里·斯奈德读本》(*The Gary Snyder Reader*），反角出版社 (Counterpoint），1999 年

《在圣克莱瑞塔山谷》，刊于《风格》(*Facture*，2001 年 2 月）

《夜鹭》，刊于《我走在何处?》(*Where Do I Walk?*），玛利亚·梅兰德斯 (Maria Melendez）、布鲁克·比尔兹 (Brooke Byrd）、亚当·史密斯 (Adam Smith）编，加州大学戴维斯分校植物园 (*UC Davis Arboretum*，2003）

《千羽鹤》，刊于《菲比》(*The Phoebe*），奥杜邦山麓协会 (Sierra Foothills Audubon Society，X.03 卷 24，2003 年 11—12 月）

《钻出灌木丛》《带锯末》《正在一只桶上锤击

一个凹痕》《野兔幼崽》，刊于《现代俳句XXXⅡ.3》（*Modern Haiku* XXXⅡ.3，2001 年秋）

《隅田川浅草寺的观音》、《祇园的大钟》，刊于《京都评论》（*Kyoto Review*，2005 年）

《雪飞，烧灌木，停工》，刊于《梵高的耳朵》（*Van Gogh's Ear*，巴黎，2002 年春），以及肯·桑德斯的别册（broadside by Ken Sanders），梦想花园出版社（Dream Garden Books，2003 年 2 月）

《1997 年夏天》，刊于《加里·斯奈德读本》（*The Gary Snyder Reader*），反角出版社（Counterpoint），1999 年

《出发》，刊于《猎户座》，（*Orion*，2004 年 7—8 月）

《等车时间》，刊于《纽约客》（*The New Yorker*，2004 年 8 月）

《还有什么要讲》，刊于《硫黄》（*Sulfur*，2000 年春季 45/46），和《警惕》（*Look Out*），新方向出版（New Directions，2002 年）

《冬天的杏树》、《给那些女孩，我刺穿了她们的耳朵》，刊于《舔盐季刊》（*Salt Lick Quarterly*），澳大利亚

译后记

这本书更像一本行思录，行则文，思则诗，文与诗一体，有些篇目近于急就章，有其特别的力量与现场感，但译起来却是剪不断、理还乱，困难远出我的想象。加之又涉及极多山川及个人生活，译者可怜的滑雪、徒步、日本旅行经历以及早年学过的一点儿日语全不抵事，幸亏有谷歌、必应可查——百余条注释，能让你想到我一次次的停顿，此刻想到，应该类似李白"停杯投箸不能食，拔剑四顾心茫然"的场景吧。枯燥的译事中，译到《白天的驾驶结束》时难得地出了彩。译到第六部分，查阅玄奘《大唐西域记》和《心经》给我带来了喜悦，也让我想到，玄奘这样的伟大前辈，无论是作为译出"心无挂碍……远离颠倒梦想"的译经人，还是作为经过巴米扬大佛下的远行者，都值得我们追随——译完这本诗集，我也要将重点转到"行"了。这里提一句，PDF版本与纸质书本有细微差异，看来根据书本翻译或校对仍是必要的。最后，要感谢家炜兄的信任、莉莉的耐心，李晖兄、翔武兄和梁枫、淑芳老师的帮助和鼓励。

（2018.3.4）

又花一个半月时间耐心校对了一遍。文字之外，花了许多时间查看地理位置。先沿5号路找到波特兰，向北到城堡岩石，东侧是银湖游客中心，再向东找到冷水溪，下面一点儿是灵湖，灵湖略西南是圣海伦峰，圣海伦峰一直向东是亚当峰，5号路西侧是哥伦比亚河……当然，更多的是几条河流的地图。自己都想做一份斯奈德诗歌地图了！其间读完了《达摩流浪者》，又买了企鹅版准备再读——这本小说对理解斯奈德作品大有益处，甚至在不经意的地方，如《雅典卫城回来时》结尾处突然转到了"露营"。校对耗时，也幸亏又校了一遍！译诗辛苦，好在是因为喜欢。朋友们在阅读中发现不妥或不解之处，欢迎回馈，不胜感谢。

柳向阳

2018.12.31 /2019.1.5